AF384673

ATIM ET ZORA,

OU

L'EMBRASEMENT DU HAREM,

BALLET-PANTOMIME EN TROIS ACTES;

DE M. BARTHOLOMIN,

PREMIER MAITRE DES BALLETS DU GRAND-THÉATRE DE LYON;

Musique arrangée par M. F. LUIGINI,

Représenté pour la première fois à Madrid, en décembre 1842,

et à Lyon, le 23 octobre 1844,

SOUS LA DIRECTION DE M. FLEURY.

PRIX : 30 CENTIMES.

LYON,

PROSPER NOURTIER, LIBRAIRE,

Rue de la Préfecture, 6.

1844

DÉCORS DE M. SAVETTE. — MACHINES DE M. PAGE.

COSTUMES EXÉCUTÉS PAR M. BLOD, D'APRÈS LES DESSINS DE M. BARTHOLOMIN.

A l'exception du Pas Indien du premier acte, qui est de M. F. LUIGINI, toute la musique des danses est de M. GONDOIS.

Divertissements.

ACTE PREMIER.

1er TABLEAU.

Mlles Ferdinand, Maria, Mélanie, et toutes les dames du corps de ballet.

2me TABLEAU.

PAS D'ESCLAVES.
M. Ruby.
Mlles Fanny, Gladi, Jenny, Augustine.

LA TCHÉGA.
M. Grenier, Mlle Valentine.

PAS DE SCHAL.
M. Durand, Mlle Beaucourt.

PAS INDIEN.

MM. Grenier, Ponçot, Pierrard, Moulin.
Mlles Valentine, Ferdinand, Maria, Mélanie.

JONGLEURS.

MM. Authman, Arnaud, Fayard, Fabre, Florimond,
J.-Pierre, Mathieu, Alexandre.

ICOGLANS.

MM. Ruby, Tony, Gabriel, Valentin.

BAYADÈRES.

Toutes les dames du corps de ballet.

ACTE DEUXIÈME.

OFFRANDES.

MM. Durand, Grenier, Clair, Ponçot, Pierrard.

Mlles Beaucourt, Valentine, Ferdinand, Flore, Maria, Mélanie.

Messieurs et mesdames du ballet et des chœurs, les élèves de l'école de danse, et cinquante comparses.

PETITS AFRICAINS.

MM. Francisque, Conty, Jacques, Dumont.

Mlles Emilie, Alexandrine, Stéphanie, Adrienne.

PAS DE DEUX.

M. Ponçot, Mme Appiani.

GRAND PAS DE CINQ.

MM. Durand, Grenier.

Mlles Beaucourt, Valentine, Mélina.

FINAL.

MM. Durand, Grenier, Ponçot.

Mlles Beaucourt, Valentine, Mélina, Ferdinand.

MM. Griff, Beaugrand, Louis, Audibert, Dastrovigne, Lauta, Franville, Fabri, Gabriel, Ruby, Valentin, Tony, Authmann, Arnaud, Moulin, Fayard, Fabre, J.-Pierre, Mathieu, Florimond.

Mlles Fanny, Gladi, Jenny, Augustine, Maria, Mélanie, Louise, Mariette, Caroline, Decroz, Souche, Laure, Delphine, Esther, Tigé, Antoinette, Bergez, Miette, Tonine, Mélina, Virginie, Henriette, Claire, Aline, Florentine et Thérèse.

ACTE TROISIÈME.

1er TABLEAU.

VALSE.

Mlles Mariette, Louise, Decroz, Caroline, Souche, Tonine,
Laure, Delphine.

2me TABLEAU.

PAS DE LYRES.

Mlles Maria, Mélanie, Fanny, Gladi, Jenny, Augustine,
et toutes les dames du corps de ballet.

DISTRIBUTION DE LA PIÈCE.

Personnages.	Artistes.
ATIM, paria	M. Durand.
ALAMIR, souverain de Bakara	M. Grenier.
ZALAOR, prince Africain	M. C. Bénier
ORADZEB, rajha de Bénarès	M. Frandon.
HORBAS, grand brame	M. Tony.
ABDHUL, chef de jongleurs	M. Pierrard.
SAKEM, esclave	M. Ponçot.
ZORA, fille d'Oradzeb	Mlle Beaucourt.
LEILA, souveraine de Bakura	Mlle Valentine.
DIMALA, mère d'Alamir	Mlle Flore.
OLINDE, esclave	Mlle Ferdinand.

Princes, Guerriers, Brames, Jongleurs, Africains, Esclaves,
Princesses, Bayadères ; Peuple.

La scène est dans l'Inde.

ATIM ET ZORA.

ACTE PREMIER.

DÉCORATION.

Une salle du palais d'Oradzeb. A droite et à gauche, de riches portières ;
vers le fond , une porte secrète. Sur le devant , un sofa , des carreaux ,
une toilette.

SCÈNE PREMIÈRE.

La jeune et belle Zora est entourée d'une
foule d'esclaves ; les unes étalent à ses yeux
de magnifiques présents , d'autres préparent
une riche toilette, plusieurs d'entre elles
forment des pas gracieux; toutes cherchent
à la distraire. Mais la princesse reste indif-
férente à ces soins empressés; rien ne semble
pouvoir l'arracher à sa rêverie, lorsque les
sons éloignés d'un luth font briller la joie
sur ses traits... Elle remercie aussitôt ses
femmes de leur attachement, de leur zèle, et
les prie de se retirer. Elle a besoin de prendre
un peu de repos. Mais le signal retentit de
nouveau, les sons se rapprochent... Zora
s'assure de l'éloignement des esclaves, ferme
les portières et démasque une entrée secrète
qui laisse pénétrer jusqu'à elle Atim et Zalaor,

le fidèle africain, qui se rend à la galerie du Rajha pour veiller à la sûreté de son ami, dont le bonheur a paru le troubler.

SCÈNE II.

Les deux amants s'élancent dans les bras l'un de l'autre... ils se pressent avec ivresse et jurent de s'aimer jusqu'à la mort; mais ils sont seuls, sans témoins, et le fougueux Atim ne peut longtemps modérer son ardeur. Il supplie sa belle fiancée de céder à ses vœux... de couronner sa flamme. — Zora le repousse avec douceur : lui dit que ce jour est fixé pour leur hymen... que bientôt ils seront entièrement heureux... et, pour lui faire supporter plus patiemment ce léger retard, elle lui fait présent d'une écharpe qu'elle détache de son sein. — Atim baise avec transport ce don précieux et fait serment de ne s'en séparer jamais. — La belle Indienne jouit de la félicité de son amant. Mais ces baisers brûlants jettent de nouveau le désordre dans les sens du guerrier... il saisit la main de Zora... entoure sa taille gracieuse... l'enlace dans le voile qu'il vient de recevoir, et l'entraîne avec amour vers un divan... La princesse n'a plus la force de résister; encore un regard, une prière et elle va céder à celui qu'elle adore. Tout-à-coup, Zalaor se précipite au milieu du salon.

SCÈNE III.

Zora, confuse, n'ose lever les yeux. Atim a peine à retenir sa fureur. — Zalaor défait, hors de lui, se remet et dit qu'il faut partir de suite, que le Rajha suit ses pas. — Eh quoi? déjà se séparer! Nouveau serment d'amour des deux amants; nouveau trouble de Zalaor qui réussit enfin à entraîner Atim. Zora masque aussitôt le passage secret et ouvre les portières de l'appartement de ses femmes, puis, n'entendant aucun bruit, elle prête une oreille attentive, s'avance avec précaution jusqu'à la galerie du Rajha, et reste étonnée de la solitude de ces lieux. Quels motifs ont donc guidé Zalaor? pourquoi cet africain a-t-il éloigné si cruellement Atim?

SCÈNE IV.

Mais les jeunes esclaves reviennent; elles apportent tout ce qui est nécessaire pour terminer la toilette de la princesse. Un tissu magnifique couvre sa jolie tête; un riche diadème orne son chaste front; de légers bracelets, de superbes colliers, une ceinture brillante la montrent plus belle encore, et la parure achevée, toutes se rendent aux appartements royaux.

DÉCORATION.

Sur le devant, une partie du bois sacré. Au fond, une terrasse où l'on arrive par un large perron. Au bas de cette terrasse, d'un côté, l'entrée de la grande Pagode ; en face, celle des jardins du grand Brame ; plus bas, une estrade élevée pour le Rajha ; vis-à-vis, de riches gradins pour le guerrier Atim. Dans l'éloignement, la ville de Bénarès.

SCÈNE V.

Les jongleurs d'Abdhul sont occupés aux préparatifs de la fête destinée à célébrer la victoire d'Atim et son hymen avec la belle Zora. Le chef examine avec soin les dispositions, en paraît satisfait, et donne ordre à chacun de courir au-devant du cortége.

SCÈNE VI.

Zalaor est dans le plus grand désordre ; sur le point d'entrer à la Pagode il s'arrête.... il hésite.... trahira-t-il Atim ? ou le laissera-t-il devenir l'heureux possesseur des charmes de la fille du Rajha ? non, cette idée lui est insupportable, et, en dévoilant les secrets du guerrier, en le faisant chasser ignominieusement, il pourra obtenir la main de la princesse, de cette divine Zora qu'il idolâtre. Cependant il hésite encore, l'action qu'il est sur le point

de commettre semble lui faire horreur. Il
va fuir, lorsque l'approche du cortége vient
ranimer sa fureur ; et, tout à son odieux
projet, il court éperdu au temple de Brama.

SCÈNE VII.

GRANDE MARCHE.

Le Rajha rend hommage à la valeur des
guerriers, et récompense leur jeune chef,
l'intrépide Atim, en l'unissant à la princesse
sa fille. — Les deux amants expriment leur
bonheur et leur reconnaissance.—Le peuple,
la cour et l'armée témoignent la plus vive
satisfaction ; et le perfide Zalaor, sortant du
temple en cet instant, semble se dire : Bientôt ces cris joyeux seront changés en chants
funèbres. Puis il vient féliciter la belle Zora
sur son prochain hymen, et prend place
près du héros de la fête, pendant que le
Rajha ordonne de commencer les jeux.

DIVERTISSEMENT.

SCÈNE VIII.

Les fêtes sont terminées... Le Rajha em
brasse la princesse, recommande à Atim le
trésor qu'il lui confie, et engage l'assemblée
à le suivre à la grande Pagode ; lorqu'Horbas
paraissant tout-à-coup à la tête du cortége
sacré, vient fermer le chemin du temple ;

« Suspendez ces apprêts, dit le Brame, cet
« hymen ne peut s'accomplir. » Chacun est
frappé de stupeur..... Zalaor seul éprouve
une joie infernale. « Indiens, continue
« Horbas, éloignez-vous d'Atim ; craignez le
« contact de cet imposteur. » — Le héros ne
peut retenir plus longtemps sa colère ; il
menace le prêtre et veut le forcer à bénir
son union. Mais d'un regard terrible le mi-
nistre de Brama l'arrête ; et, maîtrisé, abattu,
Atim baisse les yeux et recule devant son
juge. Cependant Zora supplie son père de
mettre fin à cette scène inconcevable, et
bientôt, pressé par le Rajha, par la princesse elle-même qui semble lui demader de
quel droit il prétend s'opposer à son bonheur, Horbas fait fouler aux pieds les tro-
phées élevés à la gloire du vainqueur des
Marattes, du sauveur de Bénarès, et dé-
clare que le vaillant Atim n'est qu'un vil
paria ! A cette nouvelle inattendue, chacun
est saisi d'un sentiment d'horreur. Soudain
Atim s'élance au milieu de la foule et s'écrie
avec force : Oui, je suis paria ; mais ce paria
n'est-il pas votre défenseur ? votre appui ?
Peuple, repousserez-vous votre libérateur ?
Guerriers, abandonnerez-vous celui qui vous
a conduit tant de fois à la victoire ? — Mais
le peuple s'éloigne avec effroi et les guerriers
restent confus, accablés. — A cette vue la

princesse indignée se précipite dans les bras de son amant, l'étreint avec amour, et dit avec orgueil et véhémence! Eh bien! si le ciel et les hommes le rejettent, il lui reste une épouse fidèle qui partagera son sort, qui ne le quittera jamais. La surprise, la crainte se peignent sur tous ses traits.

Atim lui-même ne peut croire à un tel dévoûment.... Zora, la belle Zora!.... la noble fille d'un souverain de l'Inde, préférer à son père, à son Dieu, la fortune d'un malheureux paria!...

Oradzeb épouvanté arrache la princesse des bras d'Atim et veut l'amener loin de ces lieux; mais elle résiste aux volontés de son père, se traîne à ses pieds et le supplie de pardonner son amant, son époux.... Le grand Brame irrité décrit alors à l'infortunée Zora, les maux qui l'attendent si elle persiste à lier son sort à celui de l'odieux Atim. — « En horreur à Brama, condamné « avant sa naissance, le paria ne peut ob- « tenir de salut..... Étranger à l'honneur, « à l'amour, il souille tout ce qu'il appro- « che.... A peine posssesseur d'une chaste « épouse, il l'abandonne sans pudeur, et « pour prix de tant de sacrifices, livre son « âme aux tourments éternels! .... » Enfants de l'Indostan, poursuit Horbas, fuyez, fuyez ce paria, ou donnez-lui la mort!....

Animés par un tel discours, les soldats saisissent leurs armes, et le peuple s'empare de pierres, de cailloux ; mais Zora couvre aussitôt le corps de son amant, et présente son sein aux furieux... — Oradzeb implore la clémence de ses sujets pour sa fille chérie, et le superbe Atim menace de son redoutable cimeterre quiconque oserait approcher. — Tant d'audace, d'impiété d'une part, de faiblesse et d'hésitation de l'autre, transportent les Bramines d'une sainte fureur... Ils parcourent l'enceinte avec exaltation, excitent le peuple à la vengeance, et l'impitoyable Horbas lance l'anathème sur le misérable Atim et l'indigne Zora... — Une terreur soudaine glace toute l'assemblée ! Mais Zalaor, l'infâme Zalaor qui a craint un moment de voir ses projets renversés, sourit au mauvais génie qui l'inspire..., confie ses nouveaux desseins au jongleur Abdhul et lui recommande zèle et discrétion, pendant que les deux maudits, fiers de l'amour qu'ils éprouvent et de l'horreur qu'ils inspirent, semblent se rire du courroux céleste et triompher de la fatalité !

FIN DU PREMIER ACTE.

ACTE DEUXIÈME.

DÉCORATION.

Les jardins du palais de Zalaor. A droite et à gauche, d'élégants pavillons.

SCÈNE PREMIÈRE.

Abdhul contemple l'or qu'il a reçu pour introduire sa troupe dans les pavillons du jardin. Celui de gauche renferme des hommes sûrs, prêts à frapper Atim au premier signal. Celui de droite, des femmes voluptueuses, disposées à servir les projets de Zalaor sur la belle Zora. Mais un léger bruit annonce l'approche des personnages attendus; le jongleur cache vivement ses richesses, et se tient un moment à l'écart.

SCÈNE II.

Zora, Atim et Zalaor entrent en se tenant étroitement embrassés. Les deux époux ne peuvent témoigner assez de reconnaissance à ce cher Zalaor, à cet ami dévoué qui n'a pas craint de les dérober à la fureur d'un peuple aveugle et barbare en leur donnant asile au mépris des ordres sacrés. Zalaor feint de vouloir se soustraire à ces remercîments. N'est-il pas assez payé par le bonheur d'avoir pu secourir une si grande infortune? Ici les deux pavillons s'ouvrent, et les jongleurs d'Abdhul, déguisés en seigneurs et en jeunes princesses, viennent former la cour d'Atim et de Zora. Ceux-ci, touchés de l'attention de Zalaor, lui expriment de nouveau la satisfaction qu'ils éprouvent; puis ils le quittent pour aller échanger les haillons qui les couvrent, contre des vêtements plus dignes.

SCÈNE III.

L'africain laisse percer alors toute la haine qu'il porte à son rival, à cet odieux paria, qu'il n'a protégé que pour sauver la princesse qu'il adore, et dont il espère bientôt triompher. Déjà Abdhul s'avance mystérieusement, suivi de quatre esclaves qui doivent saisir Atim, le charger de liens et l'entraîner dans les souterrains du palais jusqu'à ce que le maître ait décidé de son sort.

Tout semble sourire aux desseins du perfide Zalaor qui s'éloigne avec précaution après avoir vu Abdhul apposter les esclaves.

SCÈNE IV.

Olinde sort du pavillon de Zora. Pendant la toilette de la princesse, la jeune fille s'est échappée furtivement pour venir trouver son amant au jardin. Sakem ne tarde pas à s'y rendre.... ils sont heureux de pouvoir tromper quelques instants la vigilance du méchant Abdhul qui leur défend de s'aimer.

Ils s'admirent sous les brillants costumes qu'ils portent; Sakem semble plus fier, Olinde plus séduisante. Un baiser va sceller leur promesse de fidélité, lorsqu'Atim, revêtu des riches insignes des rois de Candarha, paraît; à sa vue, Olinde demeure confuse, et Sakem se sauve effrayé.

SCÈNE V.

Atim rassure cette gracieuse personne et promet de la protéger; puis il se dirige vers l'habitation de Zora. Olinde s'oppose à son passage... aucun homme ne doit pénétrer dans cette retraite; mais elle va prévenir la princesse qui s'empressera de se rendre près de lui. Déjà Olinde a disparu, qu'Atim semble écouter encore. Cette jeune fille est vraiment charmante, et il regrette de l'avoir ainsi laissée s'éloigner... Quand, tout-à-coup, saisi par quatre esclaves, il est entraîné malgré toute sa résistance.

SCÈNE VI.

Zalaor reparaît aussitôt; rien ne peut plus s'opposer à son bonheur. Zora, la belle Zora va donc lui appartenir; cependant il n'ose encore affronter ses regards, il redoute son abord imposant; Mais elle est en son pouvoir, nul ne peut la lui ravir. Elle couronnera ses feux ou l'indigne Atim sera massacré à ses yeux. Il court au pavillon qu'elle habite; un cliquetis d'armes qui se fait entendre arrête soudain ses transports. Un secours inattendu vient de sauver Atim. Zalaor furieux de ne pouvoir assouvir sa passion, jure de se venger cruellement de celui qui déjoue ainsi ses projets; puis il s'éloigne précipitamment.

SCÈNE VII.

Alamir, Atim et Léila entrent entourés d'une nombreuse escorte. Atim rend grâce à son libérateur; sans le courage et la générosité du jeune prince, il était victime d'un infâme complot. Léila, encore effrayée, témoigne le plus vif intérêt au prétendu roi de Candahar, et paraît craindre qu'il n'ait reçu quelques blessures. Mais elle est bientôt rassurée, et pendant qu'un regard d'amour récompense la loyale conduite d'Alamir, Atim qui s'est laissé séduire par les charmes de Léila, médite le déshonneur et la perte de ses nouveaux amis.

SCÈNE VIII.

Zora vient au-devant de son époux; d'après le rapport d'Olinde, elle comptait le trouver seul au jardin, et elle reste interdite en le voyant au milieu d'une cour brillante et près de Léila. Mais Atim ne lui laisse pas le temps de soupçonner ses desseins; il la presse sur son cœur, et lui fait connaître le service imminent qu'il vient de recevoir du prince de Bakara. Zora ne peut croire à une telle perfidie, à un tel malheur. Atim, son cher Atim, aurait été ravi à son amour; elle le serre contre son sein, exalte le dévouement d'Alamir et embrasse avec reconnaissance l'aimable Léila. Zalaor arrive en ce moment, il paraît désolé d'avoir reçu d'une manière si peu convenable Alamir et sa jeune épouse; mais il ignorait leur approche. Il témoigne ensuite une grande satisfaction de l'heureuse délivrance du roi de Candahar, et promet de ne pas laisser l'horrible attentat impuni. Alamir apprend alors au fourbe le but de sa visite : en quittant Sancha, où il vient de s'unir à la tendre Léila, il n'a pu résister au désir de s'arrêter quelques moments chez son ami Zalaor, et de l'engager à venir prendre part aux fêtes qui vont avoir lieu à Binacar pour l'entrée de la jeune souveraine. Zalaor ne sait d'abord comment éviter ce terrible contre-temps; mais, frappé des regards de feu qu'Atim attache sur la belle georgienne, il conçoit soudain un nouveau projet de vengeance, et accepte avec empressement l'offre du prince de Bakara, si, toutefois, ses nobles hôtes consentent à être du voyage. Zora ne peut repousser les prières de Léila; mais un pressentiment semble l'avertir des malheurs qui la menacent. Tout se dispose pour un prochain départ; et pendant que l'indigne Atim se livre à l'espoir de séduire sa libératrice, Zalaor, tout à ses desseins sur Zora, recommande à Abdhul de le suivre à Binacar.

DÉCORATION.

Une magnifique tente dont le fond ouvert, laisse voir une plaine du Bakara, et au-delà du Gange, un riant paysage où l'on remarque le palais de Zalaor.

SCÈNE IX.

Une multitude de pirogues sillonnent le Gange. Le peuple encombre le rivage. Bientôt le cortége de la jeune princesse s'avance majestueusement sur le fleuve... Des chants joyeux retentissent de toutes parts. L'encens s'élève dans les airs... Des palmes, des fleurs, des couronnes jonchent la plaine et glissent légèrement sur les eaux. — La princesse Dimala, précédée de ses gardes, entourée de ses femmes et des grands de l'État, vient prendre place sur une riche estrade.

SCÈNE X.

Les vassaux d'Alamir et l'escorte d'Atim, précèdent leurs maîtres. — Le peuple en foule suit leurs pas et se livre à l'allégresse. — Le jeune prince se précipite aux genoux de sa mère; mais Dimala le relève avec empressement, le presse sur son sein, et prodigue de tendres embrassements à Léila, à cette douce compagne de son fils bien-aimé; puis donnant à ses sujets l'exemple du devoir, elle s'incline respectueusement devant la nouvelle et légitime souveraine du Bakara. — Chacun se prosterne aussitôt.

Zalaor et les princes étrangers reçoivent ensuite les félicitations de Dimala, et l'on s'apprête à commencer les jeux, lorsque le son éclatant de la trompe sacrée vient répandre l'étonnement, la surprise dans l'assemblée. — Atim et Zora sont saisis d'un trouble subit.

SCÈNE XI.

La garde du temple s'avance lentement... Les prêtres, en grande pompe, entourent la statue d'or de Brama portée par vingt indiens. La tête du dieu est surmontée d'un disque résplendissant da pierreries, où brille la légende suivante: Gloire a Visnou! Le peuple et les grands s'agenouillent religieusement. Mais l'airain retentit de nouveau, et le disque, changeant de face, présente alors cette terrible sentence: Mort aux Parias! Soudain chacun recule involontairement... Un sourire infernal anime les traits d'Atim et de Zora; et tout en leur recommandant la prudence, Zalaor semble attendre quelque heureuse issue de cette scène inespérée. Cependant Alamir exprime l'horreur que lui inspire cette horde maudite, et engage ses amis, ses sujets à jurer l'extermination de tous ceux de ces misérables qui oseraient souiller ses États! Atim lui-même est forcé de prêter cet affreux serment. Mais, dès ce moment, la perte d'Alamir est résolue, le déshonneur de Léila arrêté! — Zalaor connaît tous les projets d'Atim, et promet de les seconder. — Les prêtres satisfaits appellent la bénédiction de Brama sur le souverain du Bakara et son peuple fidèle, puis ils continuent leur marche sur les bords du Gange.

SCÈNE XII.

Cet acte des Bramines a laissé une impression pénible à tous les assistants. Atim s'approche de Léila et la supplie de ne pas s'attrister ainsi le jour de son bonheur. Alamir lui sait gré de cette attention, l'en remercie et presse la main de sa compagne chérie... Dimala est heureuse de la félicité de ses enfants... Le peuple a bientôt recouvré sa gaîté, mais Zora ne peut entièrement se remettre; le souvenir de son père et le courroux de Dieu la poursuivent jusque dans les bras de son époux... Celui-ci l'arrache bientôt à cette cruelle agitation, et, subjuguée par le perfide qu'elle adore, l'infortunée oublie enfin ses craintes et consent à participer aux divertissements qui vont célébrer le bonheur d'Alamir et de ses sujets.

FÊTE INDIENNE.

SCÈNE XIII.

La nuit commence a étendre ses voiles... Les jeux cessent; le prince et la princesse de Bakara vont se rendre à leur palais de plaisance; Atim et Zalaor doivent les accompagner. Ce départ afflige Zora; elle craint de se séparer un seul instant de son époux; mais Atim la rassure en offrant à ses regards le gage de leur amour. Cette écharpe qui ne l'a pas quitté.... qui ne le quittera jamais, et en jurant d'être bientôt de retour. — Confiante en ces douces promesses, Zora le laisse s'éloigner et se rend aux soins empressés de Dimala qui la conduit sous son pavillon.

SCÈNE XIV.

Depuis longtemps Abdhul et les siens ont disparu. Les princes et les guerriers ont suivi Alamir. La garde de Dimala est rentrée au palais. La foule s'est écoulée lentement; un silence profond a succédé au tumulte des fêtes. Tout-à-coup un bruit sourd se fait entendre dans l'éloignement; Zora s'élance hors du pavillon de Dimala, inquiette, éperdue. Elle repousse les efforts des femmes qui l'entourent, et court vers le rivage pour découvrir la cause de cette rumeur; lorsque Zalaor, blessé, se soutenant à peine, arrête soudain ses pas. L'africain rend compte aux infortunées princesses du coup qui les frappé toutes deux : « De nombreux pirates, « dit-il, ont attaqué l'escorte d'Alamir, et « enlevé Léila. Le jeune prince poursuit les « infâmes ravisseurs; mais en défendant son « ami, le malheureux Atim a reçu le trépas. » A cette horrible nouvelle, Zora jette un cri déchirant et tombe sans connaissance aux pieds de Dimala. En ce moment une pirogue fend les eaux à force de rames; à la clarté de la lune, on y distingue Atim, Léila et le jongleur Abdhul. Le triomphe de Zalaor

paraît certain; le perfide se redresse alors,
et, agitant avec frénésie l'écharpe de Zora
que le lâche paria a remise en ses mains
pour prix de l'enlèvement de Léila, il semble
dire : à toi la georgienne, Atim; mais à moi
la fille d'Oradzeb, à moi la divine Zora.

FIN DU DEUXIÈME ACTE.

ACTE TROISIÈME.

DÉCORATION.

L'intérieur d'un riche pavillon.

SCÈNE PREMIÈRE

Zora est accablée sous le poids de sa dou-
leur; c'est en vain que ses esclaves lui pro-
diguent des consolations; elle ne veut rien
entendre, et leur ordonne de sortir... Seule,
elle se livre au plus grand désespoir; la
mort est préférable aux tourments qu'elle
endure; d'ailleurs elle ne doit pas survivre
à son fidèle Atim. Elle s'agenouille, semble
implorer le pardon de son père; saisit un fla-
con renfermant une liqueur vénéneuse et le
porte à ses lèvres. En ce moment un air bien
connu de Zora se fait entendre. Le luth de
son amant résonne auprès du pavillon.
Grand Dieu! est-ce un songe? un prestige?
Atim, aurait-il échappé au trépas? Zora est
au comble de l'ivresse; elle court vers celui
qu'elle croyait ne jamais revoir, et recule
épouvantée devant Zalaor.

SCÈNE II.

Le perfide cherche à la rassurer, à modérer son courroux. L'amour violent qu'il éprouve doit faire excuser son stratagême, et Atim est plus coupable que lui; car, non seulement il méconnaît les sacrifices de Zora et rejette sa tendresse, mais encore il lui a donné les moyens d'arriver en ces lieux. Zora, un moment abattue, repousse bientôt les insinuations de Zalaor; elle ne peut croire à un tel abandon, à un tel parjure; son époux aura succombé, et un infâme vient tenter de ternir sa mémoire. Mais Atim n'a couru aucun danger; Atim s'enivre d'amour auprès de la belle Léila qu'il a enlevée. Zalaor en fait le serment, et présente à Zora l'écharpe que son infidèle ne devait point quitter, et qu'il lui renvoie avec dédain. À cette vue, Zora est atterrée, sans mouvement. Zalaor exprime de nouveau la passion qu'il éprouve; mais Zora ne l'entend pas; ses lèvres décolorées se contractent, ses yeux fixes s'animent, ils deviennent furieux, la haine, la vengeance ont remplacé, dans son âme, la tendresse et l'amour. Elle saisit Zalaor avec force, et lui ordonne de la conduire près du perfide qu'elle déteste maintenant et qu'elle brûle de punir. Mais l'africain est à ses pieds; il l'adore, il l'idolâtre. Qu'elle cède à ses désirs, qu'elle soit à lui, et le misérable Atim tombe aussitôt sous leurs coups. Zora laisse échappér un regard de mépris ; puis une idée horrible semblant lui sourire, elle appelle ses femmes, ses esclaves, leur donne ordre de s'incliner devant leur nouveau maître, et d'égayer, par des danses légères, le repas du matin.

SCÈNE III.

Une table richement servie est placée au milieu de la salle; les mets les plus délicats sont offerts, par Zora à l'imprudent Zalaor; les vins les plus exquis, les liqueurs les plus fines lui sont versées à pleine coupe. La belle indienne le regarde avec complaisance et semble ne pouvoir se rendre compte de la préférence qu'elle a si longtemps accordée à l'indigne Atim sur le fier et terrible africain. Mais comment pourront-ils se venger ? Comment pourront-ils arriver jusqu'au perfide ? Transporté d'amour et d'espoir, Zalaor montre l'anneau qu'il porte au doigt. Ce bijou leur ouvrira les portes du palais ; et la clef, qu'il sort avec soin de son cafetan, leur donnera accès à la salle du Harem. Zora ne peut retenir un mouvement de joie. Zalaor la supplie d'éloigner ses esclaves, de ne pas retarder plus longtemps son bonheur. Elle feint alors de se rendre à ses pressants désirs; et pendant qu'il couvre de baisers une main qu'elle lui abandonne, de l'autre elle verse dans la coupe de ce traître la liqueur mortelle qu'elle a conservée.

SCÈNE IV.

Déjà la table est enlevée, les esclaves ont disparu; Zalaor, qui a savouré le breuvage funeste, éprouve un feu dévorant; de ses bras audacieux il cherche a étreindre Zora; mais celle-ci le repousse avec horreur. Au lieu de songer à l'amour, il doit se préparer à la mort, car elle coule dans ses veines. L'africain furieux veut au moins se venger; mais les forces lui manquent, ses yeux se ferment et il tombe sans vie aux pieds de la cruelle Zora, qui s'empare de la bague, de la clef et du manteau de sa victime, et s'enfuit précipitamment.

DÉCORATION.

La grande salle du Harem de Zalaor; sur le devant, l'entrée des appartements des odalisques. Un peu plus loin et au-dessus, de riches divans; une superbe galerie à jour qui communique aux appartements supérieurs; dans le fond, un délicieux boudoir formant pavillon circulaire. Rien de plus magnifique que ce Harem où l'or et les pierreries brillent de toutes parts.

SCÈNE V.

Une multitude d'odalisques, parées avec la plus grande richesse, célèbrent sur des harpes d'or la venue du nouveau maître de ce séjour, et cherchent à attirer ses regards; mais l'amoureux Atim prête peu d'attention aux grâces de ces jeunes beautés; il ne songe qu'à Léila, à Léila dont un philtre a engourdi les sens et altéré quelque peu la raison; et après avoir donné ordre aux esclaves de se rendre auprès d'elle, il va l'attendre dans son mystérieux boudoir.

SCÈNE VI,

Zora est arrivée jusqu'à la salle du Harèm; mais elle ne peut pénétrer dans le pavillon circulaire; les noirs qui en défendent l'entrée la menacent et la forcent de s'éloigner. Le crime qu'elle a commis serait-il devenu inutile ? Non ; et si elle ne peut frapper le perfide qui l'a trahie, du moins elle se vengera sur celle qui lui a enlevé son cœur. En ce moment toutes les portières s'ouvrent ; la grande salle, les divans, les balcons, les galeries se remplissent d'odalisques, d'esclaves. L'encens brûle, les harpes résonnent, et un chemin de roses conduit au royal boudoir.

SCÈNE VII.

Léila regarde avec étonnement tout ce qui l'entoure, et cherche à rassembler ses idées. Bientôt le souvenir de son époux la frappe ! Mais pourquoi n'est-il pas auprès d'elle ?... et quel est ce palais qu'elle ne reconnaît pas ? Ce palais est celui d'Alamir ; ce pavillon, l'asile fortuné où l'attend son époux !.... Trompée par ces paroles, Léila se laisse conduire au boudoir dont les portières se referment sur elle ! Cependant Zora, qui a été forcée de se cacher à tous les yeux, a saisi l'instant où la galerie supérieure a été abandonnée, pour s'y glisser et voir sans être aperçue. — Témoin de la réunion d'Atim et de Léila, elle ne se connaît plus !... Le désespoir dans l'âme et la rage dans le cœur, elle cherche tous les moyens de vengeance, Lorsque ses regards tombent sur l'écharpe que lui a renvoyée le parjure; un cri de joie s'échappe de son sein !... Cette écharpe qui n'a pu le rendre sincère, pourra du moins lui donner le trépas !... Elle l'enflamme aussitôt, la lance dans l'intérieur du pavillon, et contemple avec ravissement le progrès de l'incendie !!... — Pendant ce temps, les odalisques continuent leurs danses séduisantes, leurs poses voluptueuses !... Tout-à-coup une lueur rougeâtre éclaire le Harem... un craquement horrible se fait entendre... les femmes se sauvent en désordre. — Déjà une partie du boudoir est la proie des flammes... Léila, se débattant avec vigueur, parvient à échapper à la fois aux étreintes d'Atim et à la fureur du feu. Mais l'infortunée retombe bientôt au pouvoir de son ravisseur, qui l'entraîne dans un autre pavillon.

SCÈNE VIII.

Le bruit des armes ne tarde pas à se mêler aux horreurs de l'embrasement... Alamir, qui a enfin découvert la retraite de Léila, pénètre dans le Harem. Les guerriers qui l'accompagnent frémissent à la vue du danger qui les menace et veulent retourner sur leurs pas... Mais Alamir sauvera son épouse, ou il périra sous les ruines de ce palais qui n'offre déjà plus qu'un monceau de décombres enflammés, à travers lesquels, femmes, enfants, esclaves, se précipitent en foule, dans l'espoir d'échapper à la mort. Zora parcourt aussi ce lieu de désolation ; elle tient une torche à la main et semble radieuse, triomphante ; partout elle a hâté la destruction ! — Alamir ne peut parvenir à arracher Léila à la fureur d'Atim... La malheureuse va périr, lorsqu'une partie de la galerie où ils se trouvent s'affaisse et entraîne l'infâme au milieu des débris !... Les deux époux expriment leur reconnaissance !... Mais de nouveaux dangers les environnent... les flammes vont dévorer tout le Harem... ils n'est plus d'espoir de salut ! et, pressés sur le sein l'un de l'autre, ils attendent la mort qu'ils ne peuvent éviter.... quand tout-à-coup un point de la voute supérieure, tombant sur une pierre mobile, leur découvre une issue souterraine ; ils rendent grâce au ciel et s'échappent avec précipitation.

SCÈNE IX.

Atim reparaît ; il est en proie à d'horribles souffrances, et se traîne de ruine en ruine pour arriver au passage secret ; mais Zora, l'inexorable Zora ne laisse pas sa vengeance incomplète ; elle s'élance sur celui qu'elle a tant aimé, s'attache à ses pas et l'entraîne loin du souterrain protecteur. Atim réunit le peu de forces qui lui restent et repousse cette ennemie acharnée ; il va fuir. La coupole se détache et ses débris enflammés viennent fermer à jamais l'issue souterraine. Atim est anéanti. Zora, ivre de joie, se rit de la rage impuissante de son indigne fiancé, et lui montre avec une horrible ironie la couche brûlante qui va les réunir. Mais ils ne peuvent résister plus longtemps aux souffrances qu'ils éprouvent, et, dans un dernier accès de fureur, ils s'élancent l'un sur l'autre pour s'entre-déchirer ; ils s'arrêtent soudain, chancèlent et tombent.

SCÈNE X.

En ce moment un fracas épouvantable se fait entendre. Les dernières murailles de l'édifice croulent, et laissent voir dans le lointain, et à travers des tourbillons de flammes et de fumée, une plaine immense couverte d'Indiens qui remercient le ciel d'avoir permis que le brave Alamir et la vertueuse Léila leur soient rendus !

FIN.